CAN

a des belles bottes

par

JACQUES DUQUENNOY

Quand elle était petite,
Camille avait un Papy
qu'elle admirait
beaucoup.

Un jour,
son Papy lui a offert
des belles bottes rouges.

Il était grand
et fort, son Papy !

Ce soir-là,
elle eut du mal
à s'endormir...

— Vivement demain
que je mette mes bottes !

Et, le lendemain ...

— Papy, Papy !

Regarde, j'ai mis
mes bottes.
Je peux te suivre partout,
maintenant !

Camille et son Papy
adoraient rigoler ensemble.

— Regarde, Papy,
j'ai mis tes bottes !

— Mais, elles sont
trop grandes pour toi !

Attends ...
Maintenant, c'est moi
qui vais essayer
les tiennes !

— Mais, Papy,
elles sont trop petites
pour toi !

Avec Papy
et ses bottes,
Camille fit
de belles et longues
promenades.

C'était il y a
longtemps.

Camille a grandi.

Son Papy est mort,
maintenant.

Elle est devenue
une grande et forte
girafe,

et à présent,
c'est elle qui emmène
son bébé
dans de belles et longues
promenades .

Comme son Papy.